ヘッチャラくんがやってきた!

作●さえぐさ ひろこ
絵●わたなべ みちお

新日本出版社

1――ヘッチャラくんが　やってきた！

あるひ、もりせんせいが、きょうしつに
はいってくるなり　いった。
「おはよう。きょうから　二《に》しゅうかん、このクラスで、
みんなと　いっしょに　べんきょうしたり、あそんだりする

おともだちを　しょうかいするね」

「えっ？」

「てんこうせい？」

「二《に》しゅうかんだけ？」

ぼくらは、そわそわ、ざわざわ。

（どんな　こだろう？　どこから　きたのかな？）

ぼくの　むねは、どきどき。

「さあ、はいって」

ピヨヨン　キュイーン
ピヨヨン　キュイーン

はいってきた　そのこを　みて、ぼくは　じぶんの　めが
おかしくなったかと　おもったよ。
ピヨヨン　キュイーン
だって、そのこは、ようちえんに　かよう　ちいさな
こどもみたいな　ロボットだったんだから。
きいろくて　まるくて、あたまも　からだも　つるつるの
ぴかぴかだ。

こくばんの　まえに　たった　ロボットの　こは、

ゆっくりと　あたまを　うごかした。

そして、おおきな　めで、きょうしつを　みまわした。

「ハジメマシテ。ボクハ　ヘッチャラクンデス」

「ヘッチャラくんだって！」

「あはっ、じぶんに、〝くん〟つけてる！」

「ちゃんと　しゃべれるんだね！」

ぼくらの　がやがやが　すこし　おさまると、
ヘッチャラくんが　いった。

「ヨロシク　オネゲエシマス」

「おねがい」が、「おねげえ」に　きこえたので、みんな、
げらげら　がははは……。

ヘッチャラくんが、おじぎを　しようとしたときだ。
「オットット」
くびが　はずれそうになったのか、ヘッチャラくんは
りょうてで　あたまを　おさえて、かたを　カキン
コキンと　うごかした。
「オンボロかも！」

おもったことを　すぐに　いうのは、ヤッチンだ。

「だいじょうぶ?」

みくちゃんが、しんぱいそうに　きいた。

(さすが、みくちゃん)

すると、ヘッチャラくんが　いった。

「ヘッチャラ　ヘッチャラ」

ぼくらは、おもわず　パチパチパチパチと　だいはくしゅ。

「ヘッチャラくんは、あゆむくんの　となりの　せきに、すわってもらうわね」

「えっ、ぼくの　となり？」

「あゆむ、いいなあ！」

「ずるーい」

みんなが　いったので、ぼくは　どきどき。

はずかしいような　うれしいような……。

かおが　カーッと　あつくなった。

（でも、ヘッチャラくん、いすに　ちゃんと
すわれるの？）

ピヨヨン　キュコーン
ヘッチャラくんは、りょうてを　つかって、うまく
いすに　こしかけた。
（ぼく、ヘッチャラくんに　なんて　はなしかけたら
いいんだろう？）
もじもじもじもじ。
ぼくは、うえを　むいたり、ヘッチャラくんを　ちらちら
よこめで　みたり。
すると……。

「アユムクン　コンニチハ」

って、ヘッチャラくんが　こっちを　むいて　いった。

（えっ、もう　ぼくの　なまえ、おぼえたの？）

ぼくは、びっくりしながらも　なんとか　こたえた。

「こ、こんにちは」

まどから　さす　ひかりに、ヘッチャラくんの　からだが
キラリと　ひかっている。

「かっこいい……」

ぼくは、だれにも　きこえないくらいの　ちいさな

こえで　つぶやいた。
その　とたん、ヘッチャラくんが　いったんだ。
「イイエ　ソレホドデモ」
（ひゃあ、びっくり。ぼくの　こえが、きこえたの？）

もりせんせいは、ヘッチャラくんが　どうして
このクラスに　きたのかを　はなしてくれた。
「わたしの　おじさんは、ひとの　かたちをした
ロボットに　ついて、けんきゅうを　しているの。

なかでも、これからの　じだい、おとしよりだけが　すむ
いえに、こどもの　ロボットが　いると、たのしいだろうと
かんがえてね」

「わあ、こどもの　ロボットか」

「それで、はじめて　つくったのが　ヘッチャラくんよ」

「わあ、はじめて？」

「すごいなあ！」

「ハジメテハ、スゴイデス」

ヘッチャラくんが　いった。

「そこでね、おじさんは、まずは　ヘッチャラくんに、
にんげんの　こどもたちと　いっしょに　あそんだり
べんきょうを　してもらおうと　おもったんだって。
それには、がっこうが　いいかなあって」
「つまり、ロボットの　〝たいけんにゅうがく〟って
ことだね」
がっきゅういいんで、きゅうしょくよりも　べんきょうが
だいすきな、〝はなまるくん〟こと　たまるくんが、
ぴしっと　まとめた。

「タイケンニュウガク
タイケンニュウガク」
ヘッチャラくんが、まねをして　いった。

2——さんすうは　とくい？

さんすうの　じかん。
ぼくは、けいさんが　にがてだ。
（ヘッチャラくんは、ロボットだから　かんたんかなあ？）
ぼくが　おもったとき、うしろの　せきの　ヤッチンが、

ヘッチャラくんの　あたまを　こづきながら　いった。

「おい、ヘッチャラ。おまえ、けいさん　できる？」

すると、ヘッチャラくんが　キュインと　ちいさな
おとを　たてて　うしろを　むいた。

「ヘッチャラ　ヘッチャラ」

「へえ。じゃ、こたえ　おしえろよな」

すると、ヘッチャラくんが　おおごえで　いった。

「ジブンデ　カンガエマショウ」

キュイン。ヘッチャラくんが　まえを　むいた。

みんなは、ヤッチンが　いったことが　だいたい
わかったようで、くすくす　わらっている。

「ヘッチャラの　けち！」

ヤッチンが　いった。

もりせんせいが、もんだいを　だした。

「スズメが、きに　十一《じゅういち》わ、とまっています。

そのうち　三《さん》わが、とんでいきました。

じゃ、いま　きに　いるのは、なんわになる？」

「えっと……十一《じゅういち》から」

ぼくが　かんがえている　うちに、「はい」「はい」と、なんにんかが　てを　あげだした、そのときだ。

「ハチデス」

ヘッチャラくんが、おおきな　こえで　こたえた。

「もう、ヘッチャラくん！」

「さっさと　こたえたら、だめ！」

てを　あげた　こたちが、さわぎだした。

「こたえが　わかった　ときは、てを　あげるのがきまりだよ」と、はなまるくん。

「かってに　こたえて　オッケー」

と、ヤッチン。

「だめ、だめ、だめ！」

みんな、わあわあ。

「こらこら、しずかに　しずかに」

せんせいが　いうと、ヘッチャラくんが　てを　あげた。

「はい、ヘッチャラくん」

「ゼロデス」

「えっ、どうして？」

「ミンナノ　コエニ　オドロイテ、スズメハ　ミンナ
トンデ　イッテシマイマシタ」
ぷはっ、ヘッチャラくんったら！

ぼくは、いえに　かえってから、さんすうの
ふくしゅうを　した。

「けいさんの　しゅくだい、でたの？」

おかあさんが、ぼくの　ノートを　のぞきこむ。

「ううん。

でもね、きょう　すごく　おもしろいことが　あってね。
けいさんもんだいが　ちょっと　すきになったかも」
「へえ、なにが　あったの？」
ぼくが　ヘッチャラくんのことを　はなすと、
おかあさんは　うらやましそうに　いった。
「いいなあ。おかあさんの　ちいさい　ころにも、
そんな　かわいい　ロボットが　きてくれたら
おかあさんも、さんすうが　すきになってたのになあ」

3――なわとび　できる？

あるひの　やすみじかん、みんなで　おおなわとびを
することになった。
「ヘッチャラくん、なわとび　できる？」
ぼくが　きくと、ヘッチャラくんは、

「ナワトビトハ　ナンデスカ？」と　いった。
「ロープを　まわして、とぶの。おおなわとびは、
みんなで　じゅんばんに　とぶのよ。しらない？」
と、みくちゃん。
「そりゃあ、しらないことだってあるさ。
じんこうちのうの　プログラムに　くみこまれたものしか、
わからないよ」
いったのは、はなまるくん。さすが　ものしりだ。
ぼくには、ちんぷんかんぷんだけど。

すると、ヘッチャラくんが　いった。

「シラナクテモ、ヘッチャラ　ヘッチャラ」

「そうよ、ヘッチャラくんなら、できる、できる」

みくちゃんは、いつのまにか、まるで　ヘッチャラくんの
おかあさんにでも　なったみたいだ。

「そーれ、そーれ」

みくちゃんたちが　まわして、みんなが、じゅんばんに、
おおなわに　はいっては　でていく。

「ヘッチャラくん、みててごらん」

はなまるくんは　はりきって　とんだ　とたん、
あしを　ひっかけた。

「はなまる、へたっぴー。

いまのは、へたくその　みほん！」

ヤッチンが　さけんだ。

さいごは、ヘッチャラくんの　ばん。

でも、ヘッチャラくんは、なかなか　はいれない。

「いまだ！」

「それっ！」

ついに、ヘッチャラくんが　とんだ。

「あっ」

でも、すぐに　あしを　ひっかけた。

「オットット」

「だいじょうぶ、もういっかいね」

みくちゃんに　はげまされて、ヘッチャラくんは
なんかいも　とんだけれど、やっぱり　ひっかかる。

「ヘッチャラ　ヘッチャラ」

「もう！　なにが　ヘッチャラだよ。

おまえには、むり　むり」
ヤッチンが　おこりだした。
そのとき、「そーれ、そーれ」と　いいながら
なわを　まわしていた　みくちゃんが　いった。
「へっちゃら　らん、へっちゃら　らん」って。
すると、さよちゃんも　げんきに　こえを
かけはじめたから、おどろいた。
「へっちゃら　らん、へっちゃら　らん」
さよちゃんは、からだが　よわくて　なわとびも

たいいくも、いつも　みているだけ。
いつもは　だまったままで　つまらなそうに
していたから。
ぼくは、なんだか　うれしくなった。
そのときだ。
ヘッチャラくんが、ひっかからずに　とんだ。
ピヨヨン　ピョン　ピヨヨン　ピョン
「やった！」
ぼくは、おもわず　ガッツポーズをした。

「ヘッチャラ　ラン、ヘッチャラ　ラン」

ヘッチャラくんも　いいながら、ぜっこうちょう。

ずっと　とびつづけている。

「ヘッチャラくん、もう　でていいんだよ」

「モット　モット」

「もうすぐ　やすみじかんが　おわるから、おしまいよ」

「ヘッチャラ　ラン、ヘッチャラ　ラン」

そのとき、チャイムが　なった。

「ヘッチャラくん、おしまいだってば！」

「はい、おーわり」

ぼくらは、なわとびを　やめて、きょうしつに　むかった。

けれども、ヘッチャラくんは、ひとり　うんどうじょうに
のこっている。

「モット、モット！」

ヘッチャラくんが、ぼくらに　むかって　さけんでいる。

「ヘッチャラくんって、あかちゃんみたいだね」

ぼくらは、くすくす　わらった。

「なわとび、また　こんど　やろうね。

さあ、ヘッチャラくん、きょうしつに　はいろう」
ぼくは、ヘッチャラくんの　ところに　もどると、
せなかを　トントンと　たたいた。
ぼくは　ひとりっこだけど、なんだか　おにいちゃんに
なった　きぶんだった。

4――みずは　へいき？

きょうは、みんなで　かだんの　ていれ。
ぼくらは、ゴーヤを　そだてているんだ。
「ここのところ、あめが　ふらなかったから、
おみず　たっぷり　やってね」

せんせいに　いわれて、じょうろで　みずを　やって
いたときだ。

ヤッチンが、ホースで　ぼくらに　みずを　かけはじめた。

シャーッ、ピチャピチャ。

「きゃあ。ヤッチン、なに　やってんのー」

みくちゃんが　さけんだ。

すると　ヘッチャラくんが　てを　のばして、
ヤッチンから　ホースを　とりあげようとしている。

「おっ、ヘッチャラくん、いいぞ！」

ところが、ホースを　てにした　ヘッチャラくんが、
みんなの　ほうに　みずを　シャーッ。

「ヘッチャラ　ヘッチャラ」

「うわあ！」

「こら、ひとの　ホース、とんなよ」

うばいかえそうとした　ヤッチンと　きょうそうに
なったとたん、ホースが　ふたりの　てから　はなれた。

シュルシュル　シュルルー。

ホースは、じめんのうえで　へびみたいに　おどっている。

「きゃあ！」

「みず、とめて！」


ぼくらは、すっかり　びしょぬれだ。

そのとき、ホースで　あしを　すべらせた
ヘッチャラくんが、ひっくりかえった。

「たいへんだ」

「ヘッチャラくん、だいじょうぶ？」

ぼくらは、いそいで　ヘッチャラくんに　かけよった。

「なに　なに、なに　してんの？」

もりせんせいが　あわてて　やってきた。

そのとき、みくちゃんが　きいた。

「せんせい、ヘッチャラくん、みずは　へいき？

けいたいでんわとか、みずに　よわいでしょ？」

「あ、あ、そうね」

いつもは　のんびりしている　もりせんせいが、
おおあわて。

「でも、さいしんぎじゅつを　くしして

つくられているはずだから、ぼうすいに
きまってるでしょ」
はなまるくんが　きりりと　いった。
「あ、いや、その、それは　しらないわ。
でんわで　おじさんに　きいてくる！
みんな、ヘッチャラくんを　タオルで　ふいてて！」
もりせんせいが、ダッシュで　しょくいんしつに
はしった。
「タオル、タオル！」

ぼくらも　おおあわて。
ちょうど、たいいくで　プールに　はいる　ひで、
よかった！
きょうしつから　じぶんたちの　タオルを　とってくると、
おおいそぎで　ヘッチャラくんを　ふいた。

ぼくらは、ヘッチャラくんを　タオルで　ぐるぐる
まいたので、ヘッチャラくんは、ミイラみたいだ。
「ねえ　ねえ、ヘッチャラくん」

「ヘッチャラくんってば！」

ヘッチャラくんは　なにも　いわない。

「なにも　いわないし、ちっとも　うごかないよ」

こまっていたとき、さよちゃんが　いった。

「ほけんしつに　つれていく？」

さすが、さよちゃん。

さよちゃんは、ときどき　ほけんしつで
やすむことがある。

「それが　いい！」

「マシュマロせんせいなら、 きっと
なんとかしてくれるよ」
ぼくらは、 ヘッチャラくんを ほけんしつへ はこんだ。

ほけんしつ

いろじろで　ぽっちゃりの　ほけんしつの　せんせいを
ぼくらは、マシュマロせんせいと　よんでいる。

ちょうれいで　ぼくが　きぶんが　わるくなったときも、

「一《いち》じかんめは　きにせんと、ゆっくり　やすんどき」って、
きもちを　ほんわかと　させてくれるんだ。

「マシュマロせんせい、おねがい！」

「ヘッチャラくんが、みずで　ぬれちゃった！」

「ヘッチャラくん、だいじょうぶだからね」

「がんばって、ヘッチャラくん」

ぼくらが　ほけんしつに　かけこむと、せんせいは
びっくり。
「えらいこっちゃ。さあ、ベッドに　ねかせよ。
ロボットの　おせわなんて　はつたいけんやわ」
せんせいは、こまっているようで、じつは、すごく
はりきっているように　みえる。
せんせいは、てきぱきと　タオルを　ぜんぶ　はずした。
それから、おおきな　タオルで　ヘッチャラくんを
なんども　ふいた。

くびや　ひざや　すきまの　あるところは、とくに
ていねいに。

「ヘッチャラくん！」

「ヘッチャラくん！」

でも、ぼくらが　いくら　よんでも、へんじはない。

そこへ、もりせんせいが　はいってきた。

「みずは、へっちゃらだって！」

「よかったー」

「でも、うごかないよ」

ぼくは、しんぱいで　しんぱいで、だんだん　きぶんが
わるくなってきた。

ぼくも、ベッドに　ねかせてほしいくらいだ。

「ヘッチャラくん」

「ヘッチャラくんってば」

はじめは、こえを　かけていた　みんなも、いつのまにか
だまってしまった。

（ねえ、しなないでよ）

ぼくは、こころの　なかで　いいつづけた。

ふと　みると、さよちゃんも　みくちゃんも、
りょうてを　むねの　まえで　くんで　いのっている。

「めんどくせー　やつ」

ヤッチンの　つぶやく　こえが　きこえた。

しばらくすると、ヘッチャラくんの　くちから　ちいさな

こえがした。

「○×%&＊　○×%&＊」

「あっ、ヘッチャラくんが　なんか　いったよ」

ぼくらは、あわてて　かおを　ちかづけた。

「○×%&＊　○×%&＊」

でも、なにを　いったのか　さっぱり　わからない。

「えっ、なに？」

「ヘッチャラくん、なんて？」

「もう　いっかい　いってみて！」

ぼくらが　みみを　すますと……。

「ヘッチャラ　ヘッチャラ」

ヘッチャラくんが　いいながら、りょうてを　あげた。

キュイーン
「わーい！」

「やった、やった！」

「ヘッチャラくんが、いきかえったー」
ぼくらは、ぴょんぴょん　とびはねたり、てを
とりあったりして　よろこんだ。
「ボクハ　ヘッチャラクンデス」
ヘッチャラくんが　いったので、ぼくは
ヘッチャラくんの　てを　にぎって　いった。
「うん、よーく　しってるよ、ヘッチャラくん！」

作・さえぐさひろこ
大阪府生まれ。作品に『こざるのシャーロット』（新日本出版社）、『むねとんとん』（小峰書店）、『すずちゃん』（佼成出版社）、『ねこのたからさがし』（すずき出版）、『くまくんとうさぎくん　くもようび』（アリス館）、『トンチンさんはそばにいる』（童心社、産経児童出版文化賞ニッポン放送賞受賞）など多数。

絵・わたなべみちお
兵庫県生まれ。イラストレーター。京都精華大学で洋画と版画を学ぶ。卒業後はシルクスクリーンの版画工房に勤務、プリンターの仕事をする。一九八九年にフリーランスのイラストレーターとして独立。幼児雑誌、装丁、広告などの仕事をする。二〇〇九年、二〇一一年、二〇一四年、ボローニャ国際絵本原画展入選。

913　さえぐさひろこ・わたなべみちお
ヘッチャラくんがやってきた！
新日本出版社
62 P　22cm

本作品は、「毎日小学生新聞」2014年６月１日号〜７月27日号に連載されました。単行本刊行にあたり、加筆・改稿しています。

ヘッチャラくんがやってきた！

2017年９月15日　初　版

作　者　さえぐさひろこ　画　家　わたなべみちお
発行者　田所　稔
発行所　株式会社　新日本出版社
〒151-0051　東京都渋谷区千駄ヶ谷4-25-6
TEL　営業03（3243）8402　編集03（3423）9323
info@shinnihon-net.co.jp　www.shinnihon-net.co.jp
振　替00130-0-13681
印　刷　光陽メディア　製　本　小高製本

落丁・乱丁がありましたらおとりかえいたします。

ISBN978-4-406-06165-0　C8393　Printed in Japan